나는 보르헤스를 모른다

인지

나는 보르헤스를 모른다

1판 1쇄 인쇄 2019년 1월 5일
1판 1쇄 발행 2019년 1월 10일

발행처 도서출판 문장
발행인 이은숙

등록번호 제2015-000023호
등록일 1977년 10월 24일

서울시 강북구 덕릉로 14(수유동)
전화 02-929-9495
팩스 02-929-9496

ISBN 978-89-7507-080-8

문장 시인선 008

나는 보르헤스를 읽는다

강만수 시집

도서
출판 문장

▶ 시인의 말

어두운 밤에 치명적인 아름다움에 대해 생각한
다. 그것들은 불안정한 사유 혹은 그 어떤 點滅에
있는 걸까?

2018년 겨울
강 만 수

▶ 차례

시인의 말 … 5

1부

허전한 生 … 15
안드로이드 … 16
恍惚經 … 17
순수한 일과표 … 18
失笑 … 19
遭遇 … 20
깊은 대화 … 21
엉뚱한 시계 … 22
缺如 … 23
夢想家 … 24
의식의 談論 … 25
무의식 … 26
弛緩 … 27
질서 … 28
현재형 인간 … 29
양극단 … 30
법의학자 … 31
장막 … 32
Tension … 33
나는 보르헤스를 모른다 … 34
아담의 고백 … 36
ㅂㅇㅎㄴㄷ … 37
여권사진 … 38
본능의 변형 … 39

2부

순수와 참여 … 43

루트비히 비트겐슈타인 … 44

어떤 상징 … 45

신비한 모텔 … 46

開眼 … 47

殘傷 … 48

壓痕 … 49

결핍 … 50

지그문드 프로이드 … 51

영혼의 운명 … 52

kill kill kill … 53

隱喩의 과정 … 54

抑壓 … 55

이상적인 벽 … 56

長槍 部隊 … 57

조팝나무 … 58

알고리즘 … 59

역설 … 60

뒤 … 61

반사작용 … 62

영원한 다락방 … 63

인지착오 … 64

원형의 시간 … 65

3부

빅데이터 … 69

잠과 꿈 … 70

이상한 오전 … 71

반투명한 잇몸 … 72

문제의식 … 73

꽃무덤 … 74

플랑크톤 … 75

精靈 … 76

정말로 … 77

모란시장 … 78

묵묵부답 … 79

검정 개 … 80

不滅 … 81

형식과 실험 … 82

부엌의 이해 … 84

眼瞼 … 85

여름밤의 꿈 … 86

無限한 狹小 … 87

완성과 해방 … 88

空虛 … 89

詁音 … 90

난간 … 91

엄숙한 순간 … 92

4부

밥 ⋯ 95

디아스포라 ⋯ 96

방랑자 ⋯ 97

Black coffee ⋯ 98

陶工 ⋯ 99

배설 ⋯ 100

안테바신 ⋯ 101

靜觀 ⋯ 102

다른 역사 ⋯ 103

生捕 ⋯ 104

마지막 음절 ⋯ 105

이질적인 공간 ⋯ 106

安心 ⋯ 107

光陰 ⋯ 108

관능 ⋯ 109

자유의지 ⋯ 110

避難 ⋯ 111

지크 라깡 ⋯ 112

갈림길 ⋯ 113

非人不傳 ⋯ 114

쿵 쿵 쿵 만다라 ⋯ 115

사슴뿔 ⋯ 116

隱喩와 機智 ⋯ 117

5부

재생버튼 … 121

遺骨 … 122

라라 … 123

반전 … 124

暗影 … 125

신기루 … 126

黃昏 … 127

우연한 연합 … 128

碧梧桐 … 129

폭염경보 … 130

Virtual Reality … 131

동물병원 … 132

혈육상봉 … 133

기표와 기의 사이에서 … 134

우울한 미식가 … 135

後景 … 136

梅花 … 137

무정형 … 138

그네 … 139

가을풀벌레 … 140

고통 … 141

빵 … 142

파란 토마토 … 143

1

허전한 生

지루하다. 네 生을 읽는 건 無聊하다. 그의 생을 읽는 행위.
또한 괴롭다. 그들 모두의. 생을 읽는 행위는. 매우 지겹다.
나 자신의. 생을 읽는 행위. 역시 음 역겹고. 또한 따분하다.
아무것도 일어나지 않는. 어떤 行爲도 없는 空間은 무엇일까.
시간이 마구 流浪하는 것 같은. 이미지는 그 迷路는 무엇인지.
그 어떤 사건도. 일어나지 않는 장소를. 음 사랑하기로 했다.
그러다 漂流하는 이미지와. 그 미로에 대해 探索하기로 했다.
여전히 소모 되는. 삶의 시간을. 마구 끌어안아 앞으로 나가며.
무료하게. 氣化 되는 너와. 나. 그와. 그들 생의. 견딜 수 없는.
심심하다. 가볍지도. 또한 무겁지도 않은. 어중간한 생 앞에서.
눈에 보이는. 있음과 없음에 대한. 메타포들을 수없이 拒否한다.

안드로이드

ㅊㅋㅊㅋ 채칵채칵 초침 속에서 여자아이가 걸어 나왔다
ㅊㅋㅊㅋ 채칵채칵 초침 속에서 사내아이가 걸어 나왔다
ㅊㅋㅊㅋ 채칵채칵 초침 속에서 성인 여자가 걸어 나왔다
ㅊㅋㅊㅋ 채칵채칵 초침 속에서 성인 남자가 걸어 나왔다
채칵채칵 ㅊㅋㅊㅋ 여자아이와 사내아이가 동시에 나왔다
채칵채칵 ㅊㅋㅊㅋ 여자 어른과 남자 어른이 함께 나왔다
채칵채칵 ㅊㅋㅊㅋ 1초마다 여자 아이가 걸어 나왔다
채칵채칵 ㅊㅋㅊㅋ 1분마다 사내아이가 걸어 나왔다
ㅊㅋㅊㅋ 채칵채칵 1시간마다 여자어른이 걸어 나왔다
ㅊㅋㅊㅋ 채칵채칵 1시간 10분마다 남자어른이 걸어 나왔다
채칵채칵 ㅊㅋㅊㅋ 채칵채칵 ㅊㅋㅊㅋ 채칵채칵 ㅊㅋㅊㅋ
분초를 다투며 거대한 사각형 틀 안에서 무한 생산 되고 있다
인간과 똑같은 모습으로 우리를 바라보는 저들은 누구인가

*안드로이드: 사람과 똑같은 모습으로 사람처럼 행동을 하는 로봇을 말한다.

16

恍惚經

그는 3년씩이나 의자에 앉아 있었다
그가 3년간 앉아 있는 동안
3년 내내 비가 내렸다
그는 6년 동안 의자에 앉아 있었다
그가 6년간 의자에 앉아 있을 때
6년 내내 눈이 내렸다
그는 9년 동안 의자에 앉아 있었다
그가 9년간 의자에 앉아 있을 때
9년 내내 눈이 내렸다
그는 12년 동안 의자에 앉아 있었다
그가 12년간 의자에 앉아 있을 그 시간에
12년 내내 진눈깨비가 내렸다
그는 의자에서 몸을 일으켜 세우지도 않고
오로지 나무의자에 앉은 자세 그대로
딱딱한 회백색 의자에 앉아 비와 눈이 내리고
진눈깨비 쏟아지는 소리를 듣고 또 들었다고 한다
그는 그 소리들을 모두
그 자신의 귓속에 담아 두었다고 한다
지금도 그의 마음속에서는
華嚴 세계 펼쳐진 진눈깨비 내린다

순수한 일과표

1ㅇ시에서 11시 너는 극장에 가지 않고
10시에서 11시에 카페에서 냉커피를 마셨다
11시에서 14시 너는 대학로에 있었다
11시에서 14시에 너는 그곳에서 친구를 만났다
15시에서 16시 너는 회사에 들어가지 않고
15시에서 16시에 거래처 여직원을 만났다
17시에서 18시 종로소재 식당에서 칼국수를 먹었다
17시에서 18시엔 칼국수가 맛이 없어 먹다 말고 나왔다
19시에서 20시 어딘가를 가려고 했지만 가지 않았고
19시에서 20시에 그냥 길거리를 생각 없이 걸었다
21시에서 22시 너는 강변 집으로 바로 가지 않고
21시에서 22시엔 빗방울이 딸랑거리는
노란 우산 속에 우두커니 서 있었다
순수해지고 싶었지만 순수해질 수 없는 자신을 책망하며

失笑

비를 맞은 채
거리를 나다니다
노랑마트에서
파란 우산을 산 뒤
비가 뚝 그쳐서
우산은 펼치지도 못하고
그냥 들고 다녔다
그러다 시내버스 안에다
깜박 잊고 내렸다
그 순간 후드득
비가 또 내린다
패연하게 쏟아진다
그래서 그날은 비를 맞았다
으으 허허 으 허허
비를 흠뻑 맞을 수밖에 없었다

遭遇

네가 어딘가에서 날아온
외계인 곁을 지나간다
너는 그 옆을 지나가는 줄도 모르고 걸어갔다
그로부터 3년 4년 7년 11년이 훌쩍 흐른 뒤
정오의 도심 거리를
빨강 양산을 쓰고 여자가 걷고 있다
강한 빛이 파랑양산도
양산 속 그녀도 다글다글 볶을 것 같은
땡볕이건만 종로5가에서 3가를 향해 걷고 있다
13시 20분 전에 그곳에 도착해야 한다고 되뇌며
발걸음을 서둘러 가고 있다
약속시간에 늦지 않게 도착하기 위해
3년 전 같은 시간 4년 전 같은 시간
7년 전 같은 시간 11년 전 같은 시간
동일한 장소에서 외계인과 소통했던
그 시간을 향해
폭양에 양산과 온몸이 설탕처럼 녹아내릴지라도
두려움을 던져버린 뒤
도심을 지나가는 전기 자동차를 지나쳐 간다
외계인들은 그렇게 우리 옆에 와 있는지도 모른다

깊은 대화

머신러닝 앞 꽃이 희다 머신러닝 뒤 꽃이 붉다
머신러닝 옆에서 꽃이 노랗다
흰 꽃이 서 있는 머신러닝 앞에서
붉은 꽃이 서 있는 머신러닝 뒤에서
노란 꽃이 서 있는 머신러닝 옆에서
흰 꽃과 붉은 꽃 노란 꽃을 한 아름 안고
키가 큰 남자가 서 있다
머신러닝 앞 서 있는 그림자가 일렁였다
머신러닝 뒤 서 있는 그림자가 출렁였다
머신러닝 옆 서 있는 그림자는 말이 없다
흰 꽃도 말이 없다
붉은 꽃도 말이 없다
노란 꽃도 말이 없다
머신러닝 앞에서 꽃들은 고요하다
머신러닝 뒤에서 꽃들은 괴괴하다
머신러닝 옆에서 꽃들은 적막하다
나는 지금 7층 빌딩 앞 8층 빌딩 뒤와 14층 빌딩 옆 사이
그 중간쯤에 서 있다
키가 큰 남자도 아닌 중키인 내가 서 있다
나는 흰 꽃 속으로 들어가 걷고 싶다
나는 붉은 꽃 속으로 들어가 앉고 싶다
나는 노란 꽃 속으로 들어가 편히 눕고 싶다
일렁이는 저 꽃 그림자 뒤 머신러닝을 벗 삼아
깊은 대화를 나누고 싶다

엉뚱한 시계

분침과 초침
시침과 분침 사이
사이에서 사이를 건너 뛴
사이가 보여
시침과 분침 사이
새침한 소녀가 초침 사이로 걸어 들어와
분침과 시침 사이
맹랑한 소년이 분침 사이로 걸어 들어와
바로 그 순간
시침을 거꾸로 되돌릴 순 없는 걸까
엉뚱한 생각을 해봤다
6월을 보내며
7월과 8월 사이에서
톡탁 톡탁 ㅌ ㅌ ㅌ 톡 탁탁
시간을 재봤다
아이들 시간과
어른들 시간 차이에 대해
톡 탁탁 ㅌ ㅌ

缺如

차갑다고 말하는 것이
ㅊㄱㅇ 건 아니다
뜨겁다고 말하는 것이
ㄸㄱㅇ 건 아니다
차갑지 않아도
ㅊㄱㄷㄱ 말할 때가 있고
뜨겁지 않아도
ㄸㄱㄷㄱ 말할 때가 있다
가끔은 옳다고 생각될 때
혹은 살면서
다 틀렸다고 생각될 때도 있다
차가운 건 차갑게
뜨거운 건 뜨겁게 느껴보자
실생활 자체를 그대로
뜨거운 음료는 뜨겁게 마시고
차가운 음료는 차갑게 마셔보자
겉 다르고
속 다르지 않게

夢想家

공간에 대한 자리바꿈인지 시간에 대한 숨바꼭질인지
실재하는 것은 무엇이며 실재하지 않는 건 무엇인지

깊은 미로를 닮은 환상 같은 시간 뒤에서
그러다 길을 잃고 선 거대한 푸른 빛 공간 앞에서

시간이 시간으로 끝나는 것이 아닌
공간이 공간으로 끝나는 것이 결코 아닌

그것들은 어느 순간 황량한 들판처럼 의미가 없다
하지만 그것들은 텅 빈 광장처럼 의미가 있다

붐비던 인파와 도로가 사라지고 의미 없는 것들이
너와 내 앞에 다가설 때 거품을 닮은 몽상에 잠겨

나는 오늘도 무거운 시간과 공간에 대해
그것들 모두가 의미 없음에 대해 노래할 것이다

도로 옆으로 늘어서 있는 붉은 집들을 바라보며

의식의 談論

초록 버스 한 대가 왔다
초록 버스 두 대 세 대 네 대가 왔다
파란 버스 한 대가 왔다
파란 버스 두 대 세 대 네 대가 왔다
노란 버스 한 대가 왔다
초록 버스 두 대 세 대 네 대가 왔다
황색 버스 한 대가 왔다
황색 버스 두 대 세 대 네 대가 왔다
초록버스들이 버스정류장에서
파란버스들이 버스정류장에서
황색버스들이 버스정류장에서 창문을 열었다
초록버스들이 버스정류장을
파란버스들이 버스정류장을
황색버스들이 버스정류장을 지나갔다
너는 초록버스에 올라탔다
그는 파란버스에 올라탔으며
그들은 황색버스에 올라타 원하는 곳을 향해 간다
가끔은 초록버스에 올라탔다
파란버스로 갈아타기도 한다
급하게

무의식

너는 의식하지 않은
무의식 상태에서 책상 쪽으로
너는 의식하지 않는 무의식 상태에서 융합 쪽으로
너는 의식하지 않은 무의식 상태에서 혁신 쪽으로
너는 의식하지 않는
무의식 상태에서 의료 쪽으로
너는 의식하지 않은 무의식 상태에서 산업 쪽으로
너는 의식하지 않는 무의식 상태에서 달력 쪽으로
너는 의식하지 않은
무의식 상태에서 방송 쪽으로
너는 의식하지 않는 무의식 상태에서 우주 쪽으로
너는 기울고 있다 네 머리가 비스듬하게 음 기운다
기울어진 네 어깨는 기울어진 것을 의식하지 못한다
너는 네 스스로 의식 밖으로 나오지 못한 채 갇혀있다
의식을 그 자리에 둔 채 무의식을 향해 나가는 걸까

弛緩

빌딩이 있다 빌딩 뒤 우뚝 서 있는
또 다른 빌딩들
그 뒤 전후좌우로 소나기가 내린다
소나기다 나기 나기 소나기
슬픔이 일렁인다 슬픔 뒤 서있는
꿈결에 꿈 뒤에 서 있는 깊디깊은 꿈속
낭하가 휘어졌다
낭하 뒤 서 있는 긴 긴 그림자
여자가 있다 여자 뒤 서 있는 여자와 여자들
여자와 여자 사이
비 비 비 비 비 비 비 비
걸어간다 뛰어간다 날아간다
낭하와 낭하 사이
비 비 비 비 비 비 비
저 비 저기 저 비 비 비 비 내린다
빌딩과 빌딩 사이 빌딩을 훌쩍 날아서
비 비 비 비가 묵직한 슬픔을 안고서 내린다
슬픔 뒤에서 슬픔을 가린 채 흐느끼듯
비 비 비 비 비 후드득 비 비 비 비 비
ㄴㄹㄷㄹㄷㄴㄹㄷㄴㄹㄷㄴㄹㄷ

질서

간혀있다 파노라마를 응시하다
파노라마에 갇힌 너
간혀있다 홀로그램을 응시하다
홀로그램에 갇힌 너
간혀있다 비행훈련을 응시하다
비행훈련에 갇힌 너
간혀있다 모델하우스를 응시하다
하우스에 갇힌 너
간혀있다 웹사이트를 응시하다
웹사이트에 갇힌 너
간혀있다 탄소섬유를 응시하다
탄소섬유에 갇힌 너
간혀있다 온라인 플랫폼을 응시하다
플랫폼에 갇힌 너
간혀있다 가상세계를 응시하다
가상세계에 갇힌 너
어둡다 저 어두운 그늘을 걷어낸 뒤
밖으로 나가고 싶다

현재형 인간

그가 난초를 받아들이고 있다
그의 눈에는 난초가 들어있다
그가 새를 받아들이고 있다
그의 눈에는 새가 들어있다
내가 난초를 받아들이고 있다
나의 눈에는 난초가 있다
내가 새를 받아들이고 있다
나의 눈에는 새가 들어있다
내가 그를 받아들이고 있다
나의 눈에는 그가 들어있다
그가 나를 받아들이고 있다
그의 눈에는 내가 들어있다
어제와 다르지 않은 오늘
그와 나는 현재를 살아간다
무언가 변화가 있을 내일을 기대하며

양극단

47번째 거울이 넘어졌다
57번째 전신주가 쓰러졌다
37번째 겨울이 넘어졌다
27번째 봄이 쓰러졌다
67번째 동상이 넘어졌다
17번째 가을이 쓰러졌다
87번째 소각장이 넘어졌다
97번째 장난감이 쓰러졌다
77번째 약병이 넘어졌다
영원을 기약해 달라고 말했다
결코 약속할 수 없다며
그것들은 네 앞에서
넘어지고 또 넘어졌다
또한 쓰러지고 또 쓰러졌다
눈앞에 서 있는 모든 것은
다 그렇다

법의학자

이유는 없다
초원에서 죽은 수사자에게 이유는 없다
이유는 없다
길거리에서 죽은 쥐새끼들에게 이유는 없다
이유는 없다
닭장에서 죽은 닭들에게 이유는 없다
이유는 없다
돼지우리에서 죽은 돼지들에게 이유는 없다
이유는 없다
붉게 입술을 칠하고 피아노를 치는 여류 피아니스트에게
이유는 없다 이유가 있을 리 없다
이유는 없다
추상화를 그리는 원로화가에게 이유는 없다
이유는 없다 이유가 있을 리 없다
이유는 없다 이유는 없다
인간은 이유가 있음에도 이유가 없다고 말한다
이유는 없다 그래 이유가 있을 리 없다고
사람들은 거듭 말한다 이유가 없다
이유는 없다고 반복해서 말한다
왜 그럴까 나도 모르고 그도 모른다
이유가 없다고 말하는 그 연유를
이유 없는 죽음이 도처에 깔려있다고
하지만 이유 없는 죽음이 어디에 있다는 말인가
이유가 없다고 그들이 아무리 떠들어도 이유는 있다
이유가 없을 수 없다 그 죽음에 반드시 이유는 있다
그럼 그 이유는 어디에서 찾아야할까
오늘도 그는 이유를 찾아 나섰다.

장막

빛이 없다
그
곳
은
울
림
이
없
고
흰 그저 새하얗다
하지만
적막과
고
요
한
그늘이 있고
외
로
움
이
있다

Tension

눈을 감고 거리를 걸어간다
눈을 감은 채 지나가고 있다
귀를 막고 거리를 걸어간다
귀를 막은 채 지나가고 있다
코를 막고 거리를 지나간다
코를 막은 채 지나가고 있다
거리를 자박자박 걸어간다
거리를 뚜벅뚜벅 걸어간다
거리를 또각또각 걸어간다
기계처럼 걸어간다
아니 기계들이 걸어간다
도심엔 무수한 기계들이
곧 나다니게 될 것이다
긴장해야 한다
살펴보지 않을 수 없다
인간들은

나는 보르헤스를 모른다

부에노스 아이레스 버스정류장 푯말 아래
李滉도 李珥도 아닌 호르헤 루이스 보르헤스가 서 있다
파리 중심가 택시정류장 푯말 아래
老子도 莊子도 아닌 보오들레에르와 아르튀르 랭보가 서 있다
버스정류장 뒤에도 서 있다
택시정류장 뒤에도 누군가 서 있다
이름을 밝히지 못한 그 둘은 無名 氏다
세상에 이름이 없는 사람도 있는 걸까
그렇다 세상에 이름이 알려지지 않은 이는 많다
갈 곳을 향해 출발하지 못한 李滉
갈 곳을 향해 출발하지 못한 李珥
갈 곳을 향해 출발하지 못한 호르헤 루이스 보르헤스
갈 곳을 향해 출발하지 못한 老子
갈 곳을 향해 출발하지 못한 莊子
갈 곳을 향해 출발하지 못한 보오들레에르
갈 곳을 향해 출발하지 못한 아르튀르 랭보
갈 곳을 향해 출발하지 못한
그들은 버스를 기다리고 있다
그들은 택시를 기다리고 있다
자신의 목덜미를 어루만지면서 버스를 기다린다
자신의 어깨를 두드리면서 택시를 기다린다
조용할 일이 없는 도심 한가운데에서
소음과 싸우며 그들은 날마다 사색을 하고 있다
시끄러운 소리까지도 받아들여 즐기는 것 같다

나 자신은 도대체 그럴 수 없는 까닭에

여전히 나는 그들의 사유체계에 들지 못한 채 겉돌고 있다

*호르헤 루이스 보르헤스(1899-1986): 아르헨티나의 소설가이자 시인이며
포스트모더니즘의 선구자라 할 수 있는 작가임.

아담의 고백

나는 갈비뼈를 빌렸다 높디높은 담을 넘기 위해
그녀 갈비뼈를 빌렸다
담을 넘기 위해 갈비뼈를
내가 이제야 고백하지만 나는 붉은 담을 넘기 위해
그 여자 갈비뼈를 밟고
내 앞에 놓인 담을 넘었다
담이 나를 짓누르는 것 같다 하지만 내겐 갈비뼈
그녀에게 빌린 갈비뼈 덕에 담장을 넘을 수 있었다
나 자신은 계단도
계단을 닮은 갈비뼈도 아니지만
갈비뼈를 되뇌며 나는 담을 천천히 넘을 수 있었다
그래 누가 뭐라고 해도 나는 담을 넘었을 뿐이다

ㅂㅇㅎㄴㄷ

여자 얼굴에서 나무가 자라고 있어요
불
안
합니다
남자 얼굴에서 분꽃이 자라고 있어요
ㅂ
ㅇ
합니다
할매 얼굴 위에서 나비가 날아오르려고 합니다
불
안
합니다
할배 얼굴 위에서 매미가 날려고 합니다
ㅂ
ㅇ
합니다
나무와 분꽃이 무럭무럭 자라고 있어요
나비와 매미가 폭풍성장하고 있어요
불안합니다 불안합니다 불안합니다
ㅂ
ㅇ
한
마음을 접고 지켜보기로 했습니다
불안한 마음은 ㅂㅇ함을 키울 뿐이란 생각에

여권사진

여권사진을 찍기 위해 사진관을 향해 가다
길가에 버려진 맥주병을 스마트 폰에 담았다
5
0
0미터 거리 사진관을 향해 걷다
갑자기 여권사진 찍는 걸 포기했다
물론 해외여행 가는 것도 다음으로 미뤘다
길가에 버려진 소주병도 스마트 폰으로 찍었다
거리에 내팽개쳐진 여자 마음도
골목을 걸어오는 할배 속심도
캄
캄
하
다
앞이 보이지 않는 현실 앞에서
맥주병과 소주병을 스마트 폰에 담은 뒤
주택가 골목을 서성이는 여자 마음과 할배 속심도
드러난 표정 그대로 사진으로 표현하고 싶다
장애물 앞에 서 있는 너와 나 우리들 마음까지

본능의 변형

밖은 밤이다 자정을 훌쩍 넘은 밤이다
미림아파트 안에 서 있다
아파트 밖으로 나왔다
아파트 밖도 밤이다 늦은 밤이다
아이들 놀이터 앞에서 서성였다
여전히 밤이다
시장 안과 밖도 늦은 밤 시간이다
눈을 뜨고 걸어도 밤이고 눈을 감고 걸어도
밖은 온통 밤이 아닌 곳이 없다 한밤중이다
오른쪽 눈을 감아도 밤이다
왼쪽 눈을 감아도 어두운 밤이다
캄캄한 밤은 사라지지 않고
나를 쉼 없이 따라오고 있다
밤이 나를 응시하고 있는 걸까
아무것도 보이지 않는
어둠 속 저편 어딘가에서
가면을 쓴 누군가
저벅저벅 걸어오고 있는 걸까
나는 눈을 치뜨고
그곳을 향해 고요히 살펴봤다
무언가 다가오고 있다
그도 나를 느끼고 있는 걸까

2

순수와 참여

콧구멍 안에서 생강나무가 자라고 있다
귓구멍 안에서 쇠발종다리 자라고 있다
목구멍 안에서 담쟁이덩굴이 자라고 있다
오른쪽 눈 안에서 뜸부기 자라고 있다
네 콧구멍과 목구멍 안에는 식물성 세계가
네 귓구멍과 눈 속에서는 동물성 세계가 보인다
어느 날 너는 식물성 세계와 동물성 세계를
번갈아서 들여다보기로 했다
막 눈을 뜨기 시작한 그것들을
안에서 모두 다 키우진 못할지라도
네 안에서 자신을 비운 뒤 들여다봐야 한다

루트비히 비트겐슈타인

쓰다듬었다 네 안에 든 언어를
끌어안았다 네 안에 든 명제를
네 안에 든 언어를 음 쓰다듬다 끌어안았다
네 안에 든 명제를 음 끌어안다 쓰다듬었다
다시 쓰다듬다 끌어안았다
또다시 쓰다듬다 끌어안았다
쓰다듬었다는 명제가 쓰다듬었음을
의미하지 않았으면
끌어안았다는 언어가 끌어안았음을
의미하지 않았으면
쓰다듬었다는 말을
네 왼쪽주머니 속에서 털어놓지 말기를
끌어안았다는 말을
네 오른쪽주머니 속에서 내놓지 말기를
쓰다듬으며 혹은 끌어안고서
그는 너에게 전쟁터에서도 말했다
그 말에 의미부여를 하지 않았음에도
의미부여를 할 수밖에 없다고
그러다 모든 철학적 문제들이 마침내 해결되었다고
주변인들에게 명쾌하게 자신의 의견을 밝힌 그에게
그럼에도 불구하고 너와 나 우리들 모두는
여전히 철학에 대한 의문을 끝없이 표하고 있다
결핍과 은폐 사이 저마다 풀리지 않는
삶의 답을 구하기 위해 애쓰고 있다

*루트비히 비트겐슈타인(1899-1951): 오스트리아 출신 철학자로 그의 저서 「논리철학
논고」에서 모든 철학의 문제는 해결됐다고 말했다.

어떤 상징

잉어비늘과 쉬리비늘을 하나 둘 셋 넷 다섯 개씩
낮에도
떼
어
낸
다
밤에도 떼어낸다
모래무지비늘과 갈겨니비늘을 셋 넷 다섯 개씩
오전시간에
떼
어
낸
다
오후시간에도 떼어낸다
갈겨니비늘을 하나 둘 셋 넷 다섯 여섯 일곱 개씩
잉어비늘과 쉬리비늘을 떼어낸다
모래무지비늘과 갈겨니비늘도 떼어낸다
새벽에도
떼
어
낸
다
아침에도 떼어낸다 낮과 밤을 가리지 않고
비늘을 떼어낸 뒤 갖은 양념에 고추장 풀어 넣고 매운탕을 끓였다
음 시원한 이 국물 맛은 그 어디에서도 찾을 수 없다

신비한 모텔

첫째 날은 하이 모텔에 눈이 내렸다
둘째 날은 정자 여관에 비 비 비
첫째 날은 금요일이다
둘째 날은 토요일이다
셋째 날은 클로버 모텔에 진눈깨비 내렸다
넷째 날은 숙자 여관에 콩알만 한 우박이
셋째 날은 일요일이다
넷째 날은 월요일이다
다섯째 날은 나폴레옹 모텔에 눈이 내렸다
여섯째 날은 미자 여관에 종일토록 비
다섯째 날은 화요일이다
여섯째 날은 수요일이다
일곱째 날은 내리던 비 그친 뒤 화창하다
일곱째 날은 목요일이다
맑다 맑은 날이다
내 마음도 맑음 맑았다고 썼다
지속적으로 맑게 될 것이라고 쓰고 싶다

開眼

네 안에서 초침이 느리게
네 안에서 분침이 천천히
네 안에서 시침이 어정어정 움직이고 있다
네 안에 있는 백색창이 느리게
네 안에 있는 파란창이 천천히
네 안에 있는 빨간 창이 더디게 열리고 있다
울지 않는 여자아이처럼 초침과 분침 사이
시침은 굼뜨다 아주 둔하게 움직인다
울지 않는 사내아이처럼 백색창과 파란창은
저 먼 곳에서 천천히 눈에 들어온
빨간 창과 함께 둔탁하게 열리고 있다
나는 눈을 감고 무겁게 시간을 느꼈으며
너는 귀를 막고 창이 열리는 깊은 울림을 들었다

殘傷

중지손가락에 물 묻혀 전화기
검지손가락에 물 묻혀 축구공
엄지손가락에 물 묻혀 어린왕자
무명지에 물을 묻혀 쥘부채
새끼손가락에 물 묻혀 연필을 그렸다
잠시 뒤 모두 사라져버린
되돌려 다시 감상할 수도
소중하게 간직할 수도 없는
흔적도 남기지 않고 사라진
어느 순간 전부 증발 된 걸까
그것들은 모두 네게 아픔으로 남았다
삶은 끝없이 상처만 남기는 걸까

壓痕

칼을 물고 죽은 여자를 묻고 와
칼국수를 먹었다
농약을 먹고 죽은 누렁이를 묻고 와
농심 라면을 먹었다
수면제를 먹고 죽은 남자를 묻고 와
수제비를 먹었다
죽은 여자의 눈알
죽은 개의 눈깔
죽은 남자의 부리부리한 눈이 보였다
영화 속 주인공들을 닮은
언젠가 납량특선에서 본 모습들은
잘 지워지지 않았다
삶 또한 다르지 않았던 까닭에

결핍

물병에 든 ㅁㅁㅁㅁㅁ
맑은 물 마셨다
물에 든 ㅎㅎㅎㅎㅎㅎ
흐린 물을 마셨다
꽃병에 꽂힌 ㄲㄲㄲ
꽃의 목을 꺾었다
맑은 물 마셨다
흐린 물을 마셨다
꽃병에 든 물은 마시지 않고
빨간 꽃 피운 꽃을 꺾었다
ㅍㅍㅍㅍㅍ 프하하하
부족하다 물병에 든 물과
부족하다 꽃병에 꽂힌 붉은 장미꽃
너무도 부족하다 족함을 어디서 찾을까
물병과 물
꽃병과 꽃병에 꽂힌 요염한 장미
나는 지금 이 순간
그것들을 꽉 끌어안고 싶다

지그문드 프로이드

꿈을 벗었다 한 꺼풀 벗었다
꿈을 벗었다
두 꺼풀 벗었다
꿈을 입었다 한 꺼풀 입었다
꿈을 입었다
두 꺼풀 입었다
꿈을 입은 뒤 그는 더웠고
꿈을 벗은 뒤 추웠다
연이어 꿈을 입고 벗으며
추위와 더위를 동시에 느꼈다
평시에 옷을 입고 벗는 것처럼
꿈에서 그는 옷을 벗었다 겉옷을 벗었다
옷을 벗었다
속옷을 벗었다
옷을 입었다
~~속옷~~을 입었다
옷을 입었다
겉옷을 입었다
지금 이 시간에도 같은 동작을 반복하고 있다
그는 언제쯤 꿈에서 깰 수 있을까

*지그문드 프로이드(1856-1939) 오스트리아의 정신과 의사이며 신경학자.

영혼의 운명

너는 12번째 다가온 너에게
너는 113번째
다가온 너에게
너는 114번째 다가온 너에게
너는 115번째
다가온 너에게
너는 116번째 다가온 너에게
너는 1117번째
다가온 너에게
너는 11118번째 다가온 너에게
너는 누구냐고
너는 너 자신에게 물었다
너에게 다가온
도대체 누군지 알 수 없는
너는 너에게 물었다
열여덟 번째 묻고 있다
너는 열아홉 번째 다가온 너에게도 물었다
쉼 없이 묻고 있다

kill kill kill

11월1일엔 돼지를 잡았다
11월2일엔 소를 잡았다
11월3일엔 닭을 잡았다
11월4일엔 양을 잡았다
11월5일엔 개를 잡았다
11월6일엔 오리를 잡았다
11월7일엔 사슴을 잡았다
돼지를 잡고 보니 11월1일이다
킬킬 킬킬거리며
소를 잡고 보니 11월2일이다
닭을 잡고 보니 11월3일이다
양을 잡고 보니 11월4일이다
개를 잡고 보니 11월5일이다
오리를 잡고 보니 11월6일이다
사슴을 잡고 보니 11월7일이다
잡았다 잡고 또 잡았으므로
살아남은 건 단 한 마리도 없다
모두 도살한 까닭에

隱喩의 과정

거기를 지나쳐 왔다
이곳을 향해
보이지 않는다
지나간 거기는
이곳도 곧 지나간다
지나가게 돼 있다
거기와 이곳도 이내 사라진다
지나간 거기와
이곳이 하나가 될 순간은
있을 수 없다고
단언할 수 있다
너는 지나간 거기에 있고
나는 거기를 지나쳐
이곳을 향해 서 있는 까닭에

抑壓

괘종소리가 네 귀청을 흔들었다
너는 그 소리 안에 있다
괘종소리가 내 귀청을 흔들었다
나는 그 소리 밖에 있다
두 개의 종소리가 너를 울렸다
두 개의 종소리 나를 웃겼다
하나는 더디게 슬펐으며
하나는 빠르게 나를 웃겼다
너와 나는 손바닥으로 귀를 막기 전
두 개의 종소리를 들었다고 생각했다
너와 나만의 생각인 걸까

이상적인 벽

벽이 여자를 바라본다
여자가 벽을 바라보지 않아도
벽은 여자를 바라본다
벽이 남자를 바라본다
남자가 벽을 바라보지 않아도
벽은 남자를 바라본다

벽은 여자를 기억하고 있다
여자가 벽을 기억하고 있지 못해도
벽은 여자를 기억한다
벽은 남자를 기억하고 있다
남자가 벽을 기억하고 있지 못해도
벽은 여자를 기억한다

가방 속에서 과도를 꺼내
새파란 사과를 깎아먹으며
뒤로 걸었던 긴 머리 여자와 건장한 남자
그 모습까지도 벽은 생생하게 기억하고 있다
여자와 남자 얼굴이 붉은빛을 닮았다고 생각하며

長槍 部隊

나무 위를 걷고 또 걸어 비가 온다
비가 걸어오고 있다
도로 위를 걷고 또 걸어 비가 온다
비가 걸어오고 있다
바위 위를 걷고 또 걸어 비가 온다
비가 걸어오고 있다
여자 머리 위를 딛고 팔짝 뛰어서
비가 오고 있다
남자 머리 위를 딛고 팔짝 뛰어서
비가 오고 있다
무장한 수많은 병졸들처럼
비가 온다 걸어서 온다 아니 뛰고 있다
날카롭고 긴 창으로 이뤄진 長槍 部隊

조팝나무

잠깐 동안도
멈추지 않고
장엄하게
순간 쾅 튀밥처럼
꽃들은 마구 터지고 있다
네 마음속 가까운 듯
먼 먼 곳
과거에서 현재를 지나
미래를 향해
1초에 열두 번씩
아니 일백이십 번씩
펑 펑 펑 펑 펑 펑 펑
펑 펑 펑 펑
일만 이천 번일까
으음 으 셀 수도 없이
터진다 터지고 있다

알고리즘

울고 있었다. 어제 울던. 여자 얼굴은. 생각나지 않고.
눈이 내리고 있었다. 양철지붕 위로. 우박도 함께 내렸다.
웃고 있었다. 어제 웃던. 남자 얼굴은. 생각나지 않고.
비가 내리고 있었다. 기와지붕 위로. 진눈깨비도 내렸다.
어제 울던. 울고 있었던. 여자 얼굴은. 바로 지워졌고.
어제 웃던. 웃고 있었던. 남자 얼굴도. 이내 지워졌다.
그저. 내 기억 속에 남은 건. 아무것도 기억나지 않는.
삽시간에 지워진. 여자 얼굴과. 남자 얼굴뿐이다.
하지만. 나는 사라진 여자 얼굴과. 남자 얼굴. 그 뒤에서.
내 얼굴을 가리고 웃었다. 웃을 일도. 웃을 이유도 없는데.
웃었다. 웃고 말았다. 터져 나오는 웃음을. 어쩌지 못해.
웃었다. 웃을 수밖에 없었다. 웃자웃자. 하지도 않았건만.
웃었다. 종내는 얼굴을 가리지도 않고. 신나게 웃었다.
앞니를 내놓고.

역설

네가 나를 밀었다
네가 나를 뒤로 넘어뜨렸다
내가 너를 밀었다
내가 너를 뒤로 넘어뜨렸다
그가 나를 밀었다
그가 나를 뒤로 넘어뜨렸다
그가 너를 밀었다
그가 너를 뒤로 넘어뜨렸다
내가 그를 밀었다
내가 그를 뒤로 넘어뜨렸다
네가 그를 밀었다
네가 그를 뒤로 넘어뜨렸다
나를 밀어 넘어뜨린 뒤
제 갈길 향해 발걸음 옮긴
너와 그를 향해
나는 뒤로 넘어져도 싫지 않았다
너와 그를 향한 길이라면
나는 무너져도 좋았다

뒤

남자는 감자를 볶고 있는
여자를 그린다

뒤를 그리고 있다

가스레인지 앞에 서 있는
뒷목을 그리고 있다

남자는 그린다
그리고 있다

허벅지를 그리고 있다

그리고 있다 엉덩이
그리고 있다 종아리

그린다

반사작용

저 파란 하늘을 잡아 당겨
새파란 하늘을 파랗게 녹여
파르스름한 호수를 만들고 싶다
아니아니 파랗게 녹은 호수로
파란 파랑색 달콤한 사탕을 만들어
그 소녀 목구멍과
그 소년 목구멍 안에도 깊이 넣어서
달달한 맛을 느끼게 해준 뒤
나 또한 저 푸르른 하늘연못이 아닌
파란 파랑색 달달한 알사탕 입에 넣고
돌돌 굴리다 아작 깨물어 먹을 것이다

영원한 다락방

나는 지금 육교가 서 있는
도심 도로 위에 서 있다
하나의 도로가 둘 셋 넷 다섯 갈래로 뻗어나간
내 앞에 보이는 육교는 하나지만
도로는 수를 셀 수가 없다
육교가 허망한 삶이라면 저 도로는 무엇일까
반투명과 투명 사춘기와 이층 다락방과
머신러닝과 지도학습 그리고 준지도학습
금이 간 도자기와 장미 백합과 불안감
폭력과 자유 한 권의 책과
두 권의 책 세 권의 책에 대해
육교가 서 있는 도로에서 육교를 오르다
여섯 일곱 여덟 갈래로 길이 갈라진 도로에서
내 앞에 선 육교는 하나지만
육교 뒤에 서 있는
육교는 하나가 아닌 둘 셋 넷 다섯 여섯 일곱
수를 헤아릴 수도 없이 서 있음을
나는 아는 까닭에
육교를 건너가지 못한 증오와 두려움으로 인해
내 눈에 들어온 건 선연한 투명이었다
그런 연유로 살금살금 알몸으로 다가온 언어를
다시 한 번 불러본다
가늘게 빛이 들어오는 다락방에 누워

인지착오

주방에서 비빔국수를 비빌 때 이태리 음식점들이 나타난 뒤
접시 위 올려놓은 나이프와 포크가 벌떡 일어서서 움직인다
국수를 비비다 말고 스파게티와 포크 또는 나이프를 찾았다
이리저리 식탁을 휘젓고 다니던 나이프와 포크를 곧추 세우면
비빔국수가 긴 머릿결처럼 면발을 늘어뜨린 채 은제식기 아래
바닥과 거실로 접시와 물병과 청색꽃병이 이리저리 휘 다닌다
잠시 뒤 이태리 음식점과 네 집 주방과 식탁보와 4인용 식탁이
순식간에 사라졌다 허공 중 접시와 비빔국수와 꽃병 속 백합과
나이프와 포크 은수저와 젓가락도 없어졌다 하나 둘씩 사라진다
물병에 든 물방울도 한 방울 두 방울 세 방울 네 방울 흩어진다
신맛이 혓바닥을 살짝 자극하는 비빔국수를 오이와 함께 비비다
창밖으로 내리는 빗줄기를 바라보면 그 빗물 소리를 따라 모여든
물방울들은 날개를 달고서 이태리 음식점 주방 위에서 춤을 춘다
접시와 나이프 포크와 백합꽃 물병과 숟가락 젓가락들 모두 모여

원형의 시간

공간이 있다 내게 공간은 있다

공간은 없다 내게 공간은 없다

내 앞에 펼쳐질 공간은 어디에

공간은 있다 내 눈앞에 있었다

빅데이터

생각한다. 내가 생각하는. 4차 산업혁명 속.

느껴지지만. 보이지 않는. 어두운 그림자.

그가 생각하고. 네가 생각하는. 법률사무소.

생각한다. 내가 생각하는. 공유경제모델과.

그가 생각하고. 네가 생각하는. 플랫폼 전쟁.

생각한다. 내가 생각하는. 디지털혁명과.

그가 생각하고. 네가 생각하는. 빅데이터.

생각한다. 내가 생각하는. 사물인터넷과.

그가 생각하고. 네가 생각하는. 블록체인.

생각한다. 내가 생각하는. 미래전략산업은.

그가 생각하고. 네가 생각하는. 글로벌 기업들.

생각한다. 내가 생각하는. 향후 로드맵은.

그가 생각하고. 네가 생각하는. 우주산업은.

나는 고민한다. 고뇌하는. 너와 그도 그렇다.

잠과 꿈

너는 새처럼 가볍게 날고 있다
그래 너는 난다 날고 있다
허
공
을
그 어디에도 속하지 않았고
어디에도 속하지 않은 곳 없는 것처럼
가장 가벼운 몸으로
너
는
난
다
너는 날 수 없다고 스스로 생각했지만
생각과 전혀 관계없이
날고 있다 날아다니고 있다
두
다
리
와
두 팔로 날고 있다
네 정신이 네 몸의 무게를 잊은 걸까

이상한 오전

기이한 것들이 가깝게 다가오게 될 때까지
나는 파랑파랑 팔랑인다
괴이한 것들이 가깝게 다가오게 될 때까지
나는 노랑노랑 노랑나비다
기이한 것들이 가깝게 다가오게 될 때까지
나는 초록초록 초록매실이다
괴이한 것들이 가깝게 다가오게 될 때까지
나는 빨강빨강 장미다
기이한 것들이 가깝게 다가오게 될 때까지
나는 하양하양 스키장이다
괴이한 것들이 가깝게 다가오게 될 때까지
나는 검정검정 승용차다
기이한 것들을 가깝게 볼 수 있게 될 때까지
괴이한 것들을 곁에 두고 보게 될 때까지
나는 오늘도 그것들과 침묵을 끝내기 위해 나선다.

반투명한 잇몸

네 이는 네 잇몸과 네 이빨은
네 긴 혀와 달달한 혓바닥은
네 코는 네 콧구멍과 코털은
네 눈은 네 눈두덩과
네 왼쪽 파란눈알은
네 목은 네 붉은 목구멍과 목젖은
네 오른쪽 발가락 네 발톱 다섯 개
네 왼쪽 손가락 네 손톱 다섯 개는
네 오른쪽 귀 네 뚫린 귓구멍은
안녕하신지? 안녕하다고!
안녕하시길

문제의식

네가 말을 하게 되면 듣는 이들은 모두 귀를 막는다
왜 네가 내뱉는 그 말들을 듣고 싶지 않은 까닭에
너는 문제다 네 주변 사람들은 모두 다 알지만
너 자신만 모르는 아니 자신만 모른다고 부인하는
알려고 전혀 노력하지 않는 그것이 너의 문제다
오늘도 너는 네가 뱉은 말에 대해 책임지려 하지 않고
책상 앞에 앉아 말을 줄이는 것이 아닌 말을 내뱉기 위해
자신이 매우 잘났다고 웃고 있다 웃는 네 모습이 웃기는
그 사실을 인지하지 못한 채 웃고 있다 곧 울게 될지도
너는 모른다 하긴 알려고 하지 않으니 알 방법이 없긴 하다
그래 네가 시작한 그 말로 인해 너는 울게 된다
아니 곧 웃는다

꽃무덤

봄비 같지 않은 거센 비 내리는 거리를
빨간 우산을 쓴 여인이 지나간다

세찬 바람은 비에 젖은 동백나무를 쉼 없이 흔든다
휘어진 가지들은 절망감을 이기지 못해

부르르 몸을 떨고 있다
하늘 향해 꽃망울을 터뜨리던 꽃들은 비명을 지르고 있다

견디다 견디지 못해 꽃잎 진 그 자린엔 선혈이 낭자하다

젊어 생을 마친 옛 친구가 누운 자리처럼
봄날 그 언덕엔 온통 붉다 붉은 꽃무덤들이 지천이다

플랑크톤

녹색 플랑크톤을 닮은 아니 벌레 몇 마리 같은 모습으로
몇 몇의 여자들이 바쁘게 걸어간다 아이들 손을 꽉 잡고
순간 이틀 전 죽은 남자의 옆모습과 등을 닮았다는 느낌에
닷새 전 죽은 은행나무 껍질을 닮은 것 같다고 생각했다
동물원 앞에 서서 사흘 전 죽은 고릴라를 닮은 것 같아
식물원 앞에 서서 나흘 전 죽은 동자꽃을 닮았다는 생각에
플랑크톤과 함께 몇 마리 벌레 같은 여자와 아이들을 읽었다
어쩌다 한 번씩 나타나는 남자의 옆모습과 듬직한 등도 읽었다
웃지 않는 웃을 줄 모르는 고릴라와 동자꽃을 조용히 읽었다
그러면서 한편으론 즐거웠다 아니 즐겁지 않고 심하게 우울했다
너와 나 우리들 모두에게 주어진 생의 시간은 그렇게 흘러간다

精靈

갑자기 내 앞에 전구처럼
툭 켜지듯 나타나고
다시 또 네 앞에 나타났다
툭 꺼지듯 사라지는
어제는 보이지 않았고
오늘은 눈에 띄는
그러다 몸을 숨겨서
내일은 보일지
안 보일지 알 수 없는
어제 그 시간에도 보이지 않았던
그러다 오늘은 보인다
오후 시간엔 선명하게 드러난
네 안에 핀 노랗다 노란 민들레

정말로

너는 네 생각이 궁금하니
아님 네 손에 쥔 생강이

나는 네 생각도

네 손에 쥔 생강도 아닌

네 투박한 몸짓이 궁금해

전에 네가 살던 집 앞을 지나가다
나는 네 큰 두 눈이 떠올라

생강이 아닌 어디로 튈지 모르는

네 행동을 지켜보겠다고 마음먹었어

지금도 별반 다르지는 않아
네 발걸음은 어느 곳을 향해 가는 걸까

나는 그것이 궁금해 정말로
네 생각도 생강도 아닌 그 움직임만

모란시장

플라스틱 재질로 된 빨간 의자 옆엔
이상한 동물들 내장 썩는 냄새처럼
몇 명의 늙은이들이 쪼그린 자세로 앉아 있다
그 길가 끝에 두 마리 개가 철창에 갇혀 있다
이제 거의 다 됐어 곧 끝나게 돼
그런 말을 늙은이들에게 지껄이는 것처럼
낑낑거리며 털보 영양탕집 앞에서
곧 쓰러질 것 같은 노인을 잡아주려는 걸까
좌판 위 끈적끈적한 생선 비린내 같은 눈빛으로
털빛이 누런 똥개 두 마리는 늙은이들이
살날이 얼마 남지 않았다고 어림짐작하는 것 같다
가게 건너편에서 너 또한 개를 바라보며
그럴 수도 있겠다고 생각했다
그랬다 개들의 명줄은
그 자리에서 바로 끝날 것 같음에
악취가 코를 찌르는 시장 한구석에서
노인들보다 먼저 저승길로 들어서게 된 것도 모르는 채
인간들 앞에서 황구는 반갑다며
순한 눈빛으로 꼬리를 살랑살랑 흔든다
그런 개 앞에서 마음이 눅눅해짐을
그 저녁엔 도저히 숨길 수가 없었다

묵묵부답

이틀 전 참구명벌과. 검정쉬파리들 비행을 지켜본 뒤.
그것들을
바로 잊었다.
해 질 녘
긴 그늘이 밀려들 때.
나는 참구명벌과.
검정쉬파리와 대화도 못한 채.
말없이 있었다. 그저 아니 그냥. 그 자리에 서 있었다.
그 누구와도. 말을 섞고 싶지 않았던 연유로.

검정 개

사거리에서 지나가는 차에 치여
허리가 부러진 개 한 마리

도로 한가운데에서
부러진 허리를 앞다리로 질질 끌면서

절망적인 눈빛으로
짖지도 못한 채 서 있다

승용차도 지나가고
버스도 지나가고
이삿짐 트럭도 지나간다

허리가 부러진 개를
그저 힐끗 한 번씩 쳐다본 뒤

그들은 모두 지나갔다
십여 년 전 광주에서 있었던 일이다

나 또한 그 길을 지나쳐왔다

不滅

아저씨 아줌마 이곳을 지나가려면
자신이 살았을 때 지은 죄만큼
매를 맞고 지나가야 합니다
그 어느 누구도 이곳은
그냥 지나가면 안 되고
반드시 죄의 가볍고 무거움에 따라
무조건 매를 맞아야 합니다
그 누구도 그냥 보내드릴 순 없습니다
이곳을 지키는 문지기들에게
삶을 끝낸 사람들은
지위고하를 막론하고
예외 없이 매를 맞아야만 합니다
맞지 않고서 지나간 사람은
그동안 아무도 없었습니다
손바닥 아님 엉덩이 혹은 종아리를 내미시든지
가슴팍이든 그 어느 곳이라도 관계없습니다.
그간 살면서 지은 죄 값을 치러야 합니다

형식과 실험

백색식탁과 의자에 보고 싶은 너와 보고 싶지 않은 그들이 그곳에
앉아 있다
눈빛으로 탁한 눈빛으로 식탁과 의자를 지우고
보
고
싶
지
않
은
너 너 너
너를 지운 뒤 자 들어간다 이 시간이후부터는 나갈 일이 없는
나 자신이 보고 싶은 너 너 너를 향해 들어가
방
아
깨
비
닮은 너를 왈칵 끌어안았다
나는 너를 보면 맑아지지 못하고 항상 흐렸고 탁해졌던 까닭에
괴로웠다
그럼에도 너는 너 너였으며
나
는
나

나

였

던

연유로 나는 탁하고 흐렸으며 가끔은 맑았다

지워지지 않는 지울 수 없는 너 너 너 나를 지우지 못했던 너 너 너

역시

나는 너를 기억한다

너

도

나

를

기

억

한

다

그래 우린 서로를 지우지 못했다

이제 저 문을 열고 들어가자

문을 열어젖히면 내 앞에 그가 서 있다 지금 이 상황에선 들어설

수밖에 없다

들어서도록 하자

부엌의 이해

부엌에 도마와 칼이 없고
화실에 물감과 붓이 없다
ㅋㅋ 부엌에서 뭘하는 걸까
ㅎㅎ 화실에선 뭘하는 걸까
부엌의 주부도 모르고
화실의 화가도 모르고
도마도 모르고 칼도 모르고
물감도 모르고 붓도 모른다
그냥 그저 그들은 ㅋㅋㅎㅎ
서로서로 입을 우 욱 틀어막고 있다

眼瞼

당신 눈에는 그렇다고 말한
그가 보이기는 하나요
당신 눈에는 아니라고 말한 그가 보이기는 하나요

순간 보이기도 하고
일순간 사라져서 보이지 않는다고
아 네 네 그렇군요 보이지 않기도 하고 보이기도 하는

그곳에 당신이 있었고
그가 있었으며 그들도 있었군요
나는 그들 모두에게 눈을 껌벅이며 반갑다는 인사를 건넸다

그 뿐이다

여름밤의 꿈

고래를 고래라고 부르면 곤란해요
범고래가 나오는 푸른 그 바다에선
코끼리를 코끼리라고 부르면 안 되어요
아시아 코끼리가 나오는 붉은 그 땅에선
여름이에요 여름 한낮에 고래가 울어요
여름이에요 여름 땡볕에 코끼리가 울어요
여름은 밤이 짧아요
짧은 여름밤에 우리는 고래를 불렀어요
부르지 말라고 부르면 곤란하다고한 범고래를
짧은 여름밤에 우리는 코끼리를 불렀어요
부르지 말라고 부르면 피곤하다는 아시아 코끼리를
너와 나의 즐거운 여름밤을 위해
그와 그녀의 황홀한 밤을 위해
너와 내가 범고래를 만날 수 없다면
그와 그녀가 아시아 코끼리를 만날 수 없다면
빛나는 밤은 완성 될 수 없어요
그런 연유로 그들은 고래와 코끼리를 불러내
출렁이는 푸른 그 바다와 붉은 집 앞마당을 뒤섞어
고래와 코끼리를 만나려고 해요
짧은 여름밤에 초록 초록 초록이 흘러넘치는
꿈속 녹색움막에서 고래와 코끼리를 만나
어우러질 수 있는 자리를 함께 만들 수 있다면
꿈에서 펼쳐질 여름밤은 정말로 흥겨울 것 같아요.

無限한 狹小

밤을 잊었다. 밤을 잊었다고.
낮을 잊었다.
낮을 잊었다고. 말했다.
밤을 바라보며. 밤을 잊었다고.
낮을 바라보며.
낮을 잊었다고. 말했다.
밤을 잊을 수 없었지만.
잊었다고.
낮을 잊을 수 없었지만.
잊었다고.
하지만 밤과 낮을.
결코 잊을 수 없었다고.
어둠과 빛을 향해.
낮은 목소리로 말했다.
되돌아가고 싶다. 밤과 낮을 향해.
잠시 잊었지만. 잊을 수 없었다고.
지는 해를 바라보며.
밤과 낮에게 말했다.

완성과 해방

여보세요

깨진
어항은
어찌 할까요
찌
그
러
진
새장은 수리해서 써야할까요

전화를 끊지 마세요
여보세요
여보세요
말씀을 좀 해주세요

어항 앞으론 그 누구도
다가서려고 하지 않는다

空虛

백색 눈과
검정눈알이 사라졌다.
눈이 보이지 않았다.
눈이 내렸다.
흰 눈이 내리지 않았다.
그러다 눈이 내렸다.
비가 사라졌다. 비애가 사라졌다.
비가 보이지 않았다.
비가 내렸다. 비가 내리지 않았다.
그러다 보슬비가 내렸다.
백색 눈이 내렸다.
검정 눈알이 사라졌다.
눈이 보이지 않았다.
비가 내렸다.
비애가 사라졌다.
보슬비가 내리지 않았다.
신경질적으로. 비가 사라졌다.
선험적으로. 눈알이 사라졌다.
선병질적인. 흰 눈이 사라졌다.
그러다 눈과 눈알과. 비와 비애가.
흑과 백 사이를. 사선으로 가르며.
어둠이 눈길을 걷고 있다.
밝은 세상과 함께

訃音

봄이 밀어 올리는 처녀의 유두를 닮은
붉은 꽃봉오리를 향해 봄은 없다고 느꼈다
흐드득 꽃잎이 지고 있다
순간 지나간 봄이다
ㅍㄷㄷ 꽃잎들 바람에 날리고 있다

난간

난간 위에 서서

미로를 바라봤다

미로가 난간으로 올라왔다

난간 위로

미로가 따라왔다

나는 사라진 난간을 찾아갔고
너도 사라진 미로를 찾아갔다

그곳에 난간과 미로는 존재하지 않았다
난간과 미로는 지나간
기억 속에만 존재하는 까닭에

엄숙한 순간

벽을 짚고 서 있었다
아무도 없어요.
거기 아무도 없어요.
저 좀 봐 주세요
오랜 시간 설 수 없었던
제가 오늘 벽을 짚고 섰어요.
아무도 없어요.
거기 아무도 없나요
십여 년 만에 제가 일어섰어요.
일어선 저를 봐 주실 분 없나요
저 좀 봐 주세요
아무도 없어요
거기 아무도 안 계시는 건가요

4

밥

옥탑 방에서

지는 해를 바라보다

시뻘은 해에

쿵 쿵 쿵

쿵

심쿵해

저녁밥을 먹었다

디아스포라

그가 오고 있다 어딘가에서
그가 가고 있다 어딘가로
오고 있다 그가
가고 있다 그가
어디가 어디인지 모르는 ─
어딘가가 어디인지 알 수 없는
가고 있다 그
오고 있다 그
네게 위안이 될 것 같은
네게 위안이 될 것 같지 않은
오고 있다 그가
가고 있다 그가
카자흐스탄에서 11년
모스크바에서 21년을 지낸
사내가 오고 있다
그곳의 모든 기억을 끊어낸 뒤
되돌아오고 있다
대구를 떠났던
그가 서울에 들어왔다
크게 변하지 않은 모습으로
너를 바라보며 그는 환하게 웃고 있다

방랑자

그 누구와도 섞이지 못한 채
늘 혼자였다 그런 까닭에

길 위에서 떠돌 수밖에 없었다
절대고독을 즐기기 위해

지금도 그는 길 위에 있다

Black coffee

오늘도 거부할 수 없는
검정빛깔과 향기로
미감을 강하게 끌어당기는
커피 잔을 손에 꽉 쥔 채
사내는 뜨거운 커피를 마신다
그렇게 하루를 연다
내일 또한 그럴 것이다
으 음

陶工

친구 같은 눈과 비를
공방에서 반갑게 맞아들이기 위해
비와 눈을 그는 기다리고 있다
사내는 적막한 곳에서 빗소리와
눈 내리는 소리를 듣고 볼 수 있게 되기를
간절히 원했던 까닭에

배설

대변을 보고 싶어서 살펴봤는데
근처에 W.C가 없다
그러다 주유소를 찾아
24시간 개방 돼 있는
화장실에서 볼일을 봤다
대변을 밀어낸 뒤에는
급하게 다가온 본능은 사라지고
알 수 없는 허전함이 다가왔다
두루마리 휴지로 밑을 닦은 뒤에도
지워지지 않는
불편한 무언가가 나를 따라왔다

안테바신

14층 빌딩 앞에서 백색 그늘을 찾다
그늘을 잡지 못했다
네 안에 들어서지 못한 그늘은 백색일까
백색에 대해 생각했지만
순백색은 네 안으로 들어가지 못했다
빌딩 앞에서 백색 그늘을 찾다
깊은 그늘을 손에 쥐지 못했다
17층 빌딩 앞에서 검정 그늘을 찾다
그늘을 움켜쥐지 못했다
네 안에 들어서지 못한 그늘은 검정일까
검정에 대해 사유했지만
검정은 네 안으로 들어가지 못했다
빌딩 앞에서 검정 그늘을 찾다
서늘한 그늘을 잡지 못했다
시간은 그늘을 그러쥐지 못하게 너를 비껴간다.
백색 그늘과 검정 그늘 사이 서 있는
너와 나 우리들 모두의 경계는 어디인지
백색 그늘에 가깝게 다가선 너와
검정 그늘에 매우 가깝게 다가선 나는
그늘의 의미에 대해 깊이 사유해야 한다
12시와 1시 사이 하늘에 뜬 태양을 마주한 채

*안테바신(Antevasin): 산스크리트어로 경계에 선 이를 말함.

靜觀

길다 아주 길다 100년이 지나간다
길다 아주 길다 1000년이 지나가는 것처럼
짧다 아주 짧다 15초가 지나간다
짧다 아주 짧다 10초가 지나간 것처럼
지각이나 감각으로 느꼈던 일순간과
현상계 속 그 어떤 불변의 이념처럼
길다와 짧다는 느낌과 공간에 따라 다른 것 같다
길다와 짧다 그 중간에서
다시 또 시간을 응시하지 않을 수 없다
너무 거대하여서 도대체 가늠 할 수 없는
냉랭하고 텅 빈 기이한 공간을 닮은
저 먼 우주 속 광파를 지금 이 자리에서
시선을 고정시킨 채 흔연히 받아들이고 있다
새롭게 출현해 나를 이끄는 푸른빛으로 인해

다른 역사

삐걱삐걱 거리는 파란 문을 지났다

삐꺽삐꺽 거리는 노란 문을 지났다

기어가고 뛰어가고 걸어간다

누군가 날카로운 초침과 시침을 지나

약탈문화제인 오벨리스크를 지나간다
선덕여왕과 태종무열왕의 무덤을 지나가고

개미들의 진사회성 곤충세계를 지나
초사회적종인 인간들을 지나가고 있다

걷다 뛰다 기어간다
걷고 뛰고 기는 행위를 지우며 가고 있다

生捕

염소가 비를 잡았다 언덕 가는 길에
새가 비를 생포했다 날아가는 길에
여자가 비를 잡았다 집에 가는 길에
남자가 비를 포획했다 들에 나가는 길에
소년이 비를 잡았다 학교 가는 길에
소녀가 비를 생포했다 학원 가는 길에
지나가는 길에 비를 포획했다
그들 모두는 비를 사로잡았다 다시 놔줬다
는개 보슬비 소나기
갈 길 바쁜 비 제 길 가게끔

마지막 음절

저기 저 혼자 술 마시는 여자와
저기 저 혼자 밥 먹는 남자는

팔 다리가 각기 두 개씩이다
그 둘은 다른 이들과 팔 다리 수가 같다

하지만 식탁은 다리가 네 개다
의자도 다리가 네 개다

가끔 그 둘은 인간이 아닌
다리 네 개가 달린

영혼이 없는 식탁과 의자가 돼
그 어떤 것들과도 소통을 거부하고 있다

소리가 나지 않는 악기처럼

이질적인 공간

여자와 남자는 카페 의자에 앉아
사람들 얼굴을 서로 노려보고 있다
서로 다른 재산과
다른 외모
다르게 보내는 여름휴가와
각기 다른 가치관으로 인해 빚어지는 세계에 대해
카페 의자에 앉아
사람들을 서로 주시하고 있다
또한 서로 다른 사람들 사이
또 다른 여자와 남자를 주목한다
서로 다른 경력과 식성
별스런 취미와
다른 지위로
저마다 다른 생각을 하고 있는 할 수밖에 없는
카페 의자에 앉아 느긋하게 차를 마시는
날씬한 젊은 여자와 매우 다른 뚱뚱한 여자
근육질 젊은 남자와 매우 다른 비만한 남자
서로 다른 여자와 남자를 한 공간에서 살펴보다
으잉 음 그들도 나를 주의 깊게 살펴보는 것 같아
시선을 거두었다

安心

아침 7시에 아침식사를 시작
8시까지
점심 12시에 점심식사를 시작
13시까지
저녁 18시에 저녁식사를 시작
19시까지
숟가락을 들고서 밥을 퍼 먹었다
포크와 삼지창을 쥐고 먹었다
젓가락만 들고서 먹었다
밝고 환하게 몰려드는 기억들과
어둡고 칙칙한 시간들을 떠올리며
고막이 터질 정도로
시끄러운 소리를 들으며
아침 7시에서 8시까지는 귀를 막고
점심 12시에서 13시까지는 코를 막고
저녁 18시에서 19시까지는 눈을 감고
21시에 밤참으로 먹었던 안심은 소리를 지우면서
혁명가처럼 나이프를 들고 먹었다
너는 손에 쥔 나이프를
지금까지도 내려놓지 못하고 있다
안심하고 안심을 먹을 수 있는 세상을 위해

光陰

세월은 침묵만 남겨 놓은 채

내 젊음을 슬며시 갖고 가버렸다

남은 건 오직 주름투성이 얼굴 뿐

시간에게 나는 버림받았다

내게 되돌아올 수 있을까

변심한 애인 같은 光陰이여

관능

꽃꽂이 할 때마다

누군가 끌어당기는 장미 앞에서

나 자신을 화병에 천천히 꽂은 뒤

꽃을 바라보듯 네게 눈길을 주면

붉은 빛은 너와 나를 미치게 한다

우리들 모두 그렇다고 했다

피할 수 없다

자유의지

경험해 보지 못한 세계를 접했다
평
소
보
이
지
않고
감춰져 있던 사물들이
3
6
0
도
로
눈에 들어왔다
스마트 폰을 통해 본
가상현실 속 세상은 자유로웠다
아니 고독했다

避難

누구나에게 주어진 24시간을 피해
지금 이 순간부터
모든 시간이 정지된 상태에서
시간에 구속 되지 않는
생을 영위 할 수는 없는 걸까

자크 라깡

어떤 사물에 대해 말하려다
사물이 아닌 다른 것에 관해 말했다
다른 사물에 대해 말하려다
사물이 아닌 어떤 것에 관해 그가 말했다
어떤 사물은 무엇이며
다른 사물은 무엇일까에 대해 생각했다
그것들은 불안을 일으키는 그 무엇
그래 그런 것들이 아닐까 싶다고 했다
그러나 그것 또한 짐작일 뿐
어떤 사물과 다른 사물에 대한
결론을 내릴 순 없었다
보이는 것과 읽히는 것만으로는
그는 그것들에 대한 답을 유보할 수밖에 없다
사물들은 변화무쌍하며 모호하게 읽힌다
현재에 묶여 있지만 꼭 그런 것만도 아닌
순간순간 변하는 고리에 연결 되어 있는 것 같은
이 세상에 있을 수 없는 것들과
이 세계에 없을 수 없는 것들 사이에서
일순간 낀 것 같은 어떤 사물과
다른 사물 사이에서 있음과 없음 사이
그것들을 누군가 억지로 짜 맞춘 것은 아닌지
허구인가 신화인가 그 경이로움에 대해
고요히 묵상한 뒤 무겁다 그 시간을 어떻게 견뎌야 할까
그러다 중심을 치고 나가 우뚝 선 그를 바라보던
오래 전 지나간 부족한 나 자신을 발견한다

*자크 라깡(1901-1981): 프로이드에 대한 독창적인 연구로 명성을 얻은 프랑스의
구조주의 철학을 대표하는 철학가이자 정신분석학자.

갈림길

왼쪽발목과 왼쪽 발가락 다섯 개
오른쪽발목과 오른쪽 발가락 다섯 개
왼쪽손목과 왼쪽 손가락 다섯 개
오른쪽발목과 오른쪽 손가락 다섯 개
왼쪽발목과 오른쪽발목엔 발가락이 있다
왼쪽손목과 오른쪽손목엔 손가락이 있다
낮에 본 그림자 같은 왼쪽발목
낮에 본 그림자 닮은 오른쪽발목
밤에 본 그림자 같은 왼쪽 발가락
한밤중 그림자 닮은 오른쪽 발가락
너는 발목에서 잘려나갈 발가락이 두렵고
그는 손목에서 잘려나갈 손가락이 두렵다
어찌해야할까 저 손가락과 발가락들을
백방으로 찾았다 손목과 발목을 대체할 기계를

非人不傳

A가 거울을 두드리고 있다
나는 거울 문을 열지 않았다
거울 뒤엔 A가 없다
B가 거울을 두드리고 있다
나는 거울 문을 열지 않았다
거울 뒤엔 B가 없다
D가 거울을 두드리고 있다
나는 거울 문을 열지 않았다
거울 뒤엔 D가 없다
J가 거울을 두드리고 있다
나는 거울 문을 열지 않았다
거울 뒤엔 J가 없다
K가 거울을 두드리고 있다
나는 거울 문을 열지 않았다
거울 뒤엔 K가 없다
A B D J K가 거울을 두드리고 있다
거울 뒤 보이지 않게 몸을 숨긴 녀석들
나는 늦은 시간에 거울을 두드리는
무례한 그들에게
거울 문을 결코 열지 않을 것이다
非人不傳이다

쿵 쿵 쿵 만다라

하양 물감이 바짝 마를 때까지
파랑 물감이 바짝 마를 때까지
빨강 물감이 바짝 마를 때까지
검정 물감이 바짝 마를 때까지
노랑 물감이 바짝 마를 때까지
붓질이 지나간
오방색 물감이 마를 때까지 기다리자
좋은 건 좋다 말하고
싫은 건 싫다 말하자
어둠을 밀어내며 올곧게 말하자

사슴뿔

이리저리 갈라져 나간
네 뿔은 다섯 개다
이리저리 휘어진
네 뿔은 일곱 개다
동서남북으로 뻗어나간
네 뿔은 아홉 개 혹은 열두 개다
아니 그 수는 바로 셀 수가 없다
어느 날 나뭇가지에 걸려
똑 부러진 뿔로 인해

隱喻와 機智

변기 안에서. 똥덩어리들이. 움직인다.
황금똥덩어리. 1호가. 꿈틀거린다.
변기 안에서. 똥덩어리들이. 움직인다.
푸른똥덩어리. 2호가. 꿈틀거린다.
변기 안에서. 똥덩어리들이. 움직인다.
붉은똥덩어리. 3호가. 꿈틀거린다.
변기 안에서. 똥덩어리들이. 움직인다.
초록똥덩어리. 4호가. 꿈틀거린다.
변기 안에서. 움찔움찔. 움찔움찔.
1234호가. 움찔움찔. 움찔움찔. 움찔움찔.
보리밥알과. 콩나물 대가리와. 파무침이.
움찔움찔. 움찔움찔. 꿈틀거린다.

5

재생버튼

CD플레이어의 버튼을 눌렀다 재생되지 않는 기억을
급히 되살리기 위해 버튼을 누르듯
기억을 살리기 위해 내 안의 버튼을 눌렀다
그날은 목요일이었다
그날은 비가 오는 수요일이었다
그날은 눈이 펑펑 내리는 월요일이었던 것 같다
재생버튼을 눌렀지만 되살아나지 않는 기억으로 인해
그날이 목요일인지 수요일인지 혹은 금요일인지
도대체 가늠할 수가 없다
다시 들을 수 없는 음질이 매우 조악한 카세트테이프를
반복해서 틀어놓은 것 같아 괴로웠다
하지만 또다시 재생버튼을 눌렀다
이건 참 오래 됐어요, 오래됐다는 소리와 함께
당신에게 주어진 시간이 다 됐다는 소리를 들으면서도
가슴을 찌르는 통증을 빼닮은 쾌감이 지나간 뒤
어두운 기억을 지우기 위해 버튼을 누르고 또 눌렀다

遺骨

오늘 백골은 매혹적이다
아니다 그렇지 않다
다시 시작할 일이 없는
너는 아름답지 않다
그럼에도 시간을 견뎌내고 있는
삶을 끝낸 네 뼈가
어찌 아름답지 않을 수 있겠는가
시간이 배어 있는
너는 장엄하다

라라

바람이 불었으면 좋겠다고 생각한 날
검정고양이 목덜미를 바라보다
당신 흰 목덜미가 쿵하고
내 심장 안으로 들어왔다
그 순간 쿵 쿵 쿵 쿵
내 안에서 심장이 거칠게 뛰었다
쿵 쿵 쿵 쿵 쿵
도저히 제어할 수 없어
내 쿵쿵거리는 심장을 잡고서
길거리에서 한참을 서 있었다
그렇게 당신 흰 목덜미는
내 안 깊숙한 곳을 혹 치고 들어왔다
향긋한 바람이 불었으면 좋겠다는
내 바람과는 관계없이
전혀 바람이 불지 않았던
어느 여름 눅눅한 오후에
검정고양이 한 마리 골목길을 지나간 뒤
내 눈에는 당신 목덜미만 어른거렸다

반전

맴돈다 맴맴 돈다 맴도는 저

저기 저 저 저 저 저기 저 저

고양이 강아지 당나귀 남사당

모두 안녕 모두들 안녕하신지
끝없는 반복처럼 그도 안녕하다

반전을 기대할 수 없는
안녕 앞에서 안녕이라고 말한다

暗影

문틀과
창틀에 잔뜩 낀 먼지
입김으로 후 불면 후 후후 날아가는
그 먼지처럼 네 마음에 드리워진 암영
일순간 날려 보내기 위해
그림자에 대고 입김을 후 후 후 불었다
다시 또 후후후후 연신 불었다
하지만 꿈쩍도 않고 버텨서 난감했다
입김으로 후 불면 지워지는 저 먼지처럼
삶에 낀 어두운 그림자도
후 후하고 불어서 지울 순 없는 걸까
오늘도 그림자를 지우기 위해 입김을 불었다
앞으로도 계속 불게 될 것이다

신기루

여자는 왼쪽 눈을 감고서

남자는 오른쪽 눈을 감고 기다린다고 했다

왼쪽 분홍 색 건물이 어느 순간 사라지는 걸

오른쪽 백마 아홉 마리가 없어진 모습을

그 여자와 남자는 오래지 않아 사라질 간판과
백마 아홉 마리를 커다란 눈에 담기 위해

오른쪽 눈알과 왼쪽 눈알을 번뜩이며
너무 오랜 시간을 사막에서 기다리는 건 아닐까

黃昏

네 넓은 이마 주름살 안에 그가 있고
네 좁은 이마 주름살 밖에 그들이 있다
그는 네 넓은 이마 위 쪼글쪼글한 주름살
근황을 묻고 싶었다
그들은 네 좁은 이마 위 쪼글쪼글한 주름살
안부를 묻고 싶었다
여덟 개로 갈라진 이마 위 주름살을 지나가면
주름살 하나 둘 셋 넷 다섯 여섯 일곱 여덟 개
시간과 머리를 맞대는 강과 마주하게 된다
일곱 개로 갈라진 이마 위 주름살을 지나면
주름살 하나 둘 셋 넷 다섯 여섯 일곱 개
인생 강과 마주하게 된다
네 넓은 이마가 좁은 이마 위 주름살
네 좁은 이마가 넓은 이마 위 주름살을 베끼듯
과거로부터 온 넓은 이마 위 여덟 개 주름살과
좁은 이마 위 일곱 개 주름살은 서로 닮았다
시간을 통과한 주름살은 그런 것 같다
여전히 저 강은 말없이 흐른다

우연한 연합

아이가 후 후 부는 하나의 비눗방울에
찰스부코스키가 들어왔다
아이가 후후 부는 두 번째 비눗방울엔
호라티우스가 들어왔다
아이가 후후 부는 세 번째 비눗방울에
테드 휴즈가 들어왔다
아이가 후후 부는 네 번째 비눗방울엔
라이너 마리아 릴케가 들어왔다
아이가 후후 부는 다섯 번째 비눗방울에
제임스 조이스가 들어왔다
아이가 후후 부는 여섯 번째 비눗방울엔
프랑소아 비용이 들어왔다
아이가 후후 부는 일곱 번째 비눗방울에
베르톨트 브레히트가 들어왔다
어릴 때 네가 좋아한 비눗방울 놀이를
한 아이가 골목길에서 하고 있다
나도 저 비눗방울 속으로 들어가 날고 싶다
오래 전 내 안에 들어왔다
어느 순간 후후 불어서 비눗방울로 흐흐 날렸던
저들처럼

碧梧桐

나무그림자는 앞에 있다
그 사내 그림자는 뒤에 있다
울음이 없는 그림자를 잡아끌어
내 안에 품은 뒤
오랜 시간 잊을 수 없었던
그림자를 안고 걸었다
너무도 웅숭깊은 그늘에
빨려 들어가지 않을 수 없었던
늦은 오후다

폭염경보

바람이 없다
이 도시에서
바
람
을
버린 내게
바람 소리는 들리지 않는다
바
람
이 없다
동풍도 없고 서풍도 없다
하늘엔 새털구름과 먹장구름도 없다
구름 비슷한 것도 떠 있지 않다
도심엔
빌
딩
만
도심 신호등은 붉은 빛이고
도심엔
자
동
차만 다닌다
거리엔 인간들이 걸어 다니지 않는다
하늘엔 지글지글 빛을 발하는
태양만 떠 있다
한낮 도심은 괴괴하다

Virtual Reality

쥐 한 마리 두 마리 세 마리 간다
붉은 공간에 붉은 점 찍고
게 한 마리 두 마리 세 마리 간다
노란 공간에서 찍었다 노란 점
새 한 마리 두 마리 세 마리 날아간다
회색 공간에서 회색 점 찍고서
개미 한 마리 두 마리 세 마리 간다
푸른 공간에서 푸른 점 찍은 뒤
끝없이 펼쳐진 여울을 지나 강을 향해 간다
한없이 펼쳐져 그 넓이를 헤아릴 수 없는
푸르른 하늘을 날아간다
파르스름한 물방울 닮은
새파란 얼음덩어리를 빼닮은
온몸이 이내 얼 것 같은
그곳에서 너무 추워 고양이처럼 울 것 같아
거대한 빙산을 휘적휘적 걸어다니는
북극곰들을 못 본 척
너와 나를 지켜보는 그것들을 무시한 채
급하게 우리 둘은 VR 헤드셋을 벗었다

동물병원

그림자가 정오에 동물병원 안으로 들어왔다
바람이 오후 3시에 불어왔다
비가 겨울비가 비를 오전 10시에 몰고 왔다
눈이 함박눈이 오전 11시에 눈을 끌고 왔다
그 여자는 오후 4시에 문을 확 열고 들어왔다
그 남자는 오후 5시에 약속 장소에 도착했다
여자는 서쪽 방향에서 동쪽으로 왔고
남자는 동쪽 방향에서 남쪽으로 왔다
고개를 숙인 채 그곳에 왔다
고개를 바짝 세운 채 왔다
이리저리 떠도는 행위를 멈추기 위해
푸르게 검푸른 모습으로 그것들은
그림자를 먼 곳으로 밀쳐낸 뒤 네게 다가왔다

혈육상봉

피

피

피

네 안에 돌고 있는

피

피

피로 인해
너는 괴로웠고

나 또한 피로 인해 고통 받았다
피로 인해 울었다

터져 나오는 울음을 참을 수 없다

기표와 기의 사이에서

발을 들면 발가락 새 보이는 것
발을 들면 발목이 사라진다

손을 들면 손가락 새 보이는 것
손을 들면 손목이 사라진다

어느 순간 발목에 달린 발가락이
어느 순간 손목에 달린 손가락이

사소한 손목과 발목은
서로 교감한다

발을 들면 다섯 개 발가락
손을 들면 다섯 개 손가락

손가락과 발가락은 상대적일까
발가락과 손가락은 상대적일까 아닐까

손가락과 손목은 순간이 있다
발가락과 발목도 그렇다

가벼운 유머를 닮은 미소가 있다

우울한 미식가

어느 날 맛이 있는 것들과

맛이 없는 것들을 멈출 수 없다

어느 날 입 안에서 굴러다니다

입 밖으로 튕겨져 나간 그것들은

어디로 나뒹구는 걸까
굴러다니는 그것들은 그곳에 없다

도마 위 올려놓은 대파를 송송 썰다가
음식물을 좇았지만 찾을 수 없었다

지금도 어딘가를 굴러다니는 맛이 있는
혹은 맛이 없는 우물우물 입 안에서 구르다

입 밖으로 튀어나와 하염없이 나다니는 맛

後景

비린내다 비린내다 나무의 ㅂㄹㄴ다
ㅂㄹㄴ다 비린내다 물고기 비린내다
비린내다 비린내다 물풀들 ㅂㄹㄴ다
ㅂㄹㄴ다 비린내다 어스름 비린내다
비린내다 비린내다 집요한 ㅂㄹㄴ다
ㅂㄹㄴ다 비린내다 과거의 비린내다
비린내다 비린내다 아으 윽 ㅂㄹㄴ다
저기 저곳에서 불어오는 피비린내다
으으 음 으으 저 광풍을 피하고 싶다

梅花

과녁 정 중앙에 꽂힌 살처럼
가슴속 깊이 파고들어

놀람을 진정 시킬 수 없는
매화는 긴 여운을 남긴다

그녀의 촉촉한 눈빛처럼

무정형

비는 저기 저 저 저 내리는
0이다
눈은 저기 저 저 저 내리는
1이다

미술관은 저기 저 저 저기
2다
사진관은 저기 저 저 저기
3이다

내리는 내리고 있는
눈은 1이다 비는 2다
저기 저 미술관은 2다
저기 저 사진관은 3이다

0123을 바라보는
나는 4일까 5일까 6일까
그도 저도 아닌 으음 나는 7이다
과연 그럴까

그네

ㅎㄷㄹㄷ

ㅎㄷㄹㅈ

ㅎㄷㄹㄱ ㅇㄷ

ㅎㄷㅎㄷㅎㄷㅎㄷ

ㅎ 흔들흔들

가을풀벌레

햇빛 닮은 벌레 두 마리가 뛰고 있다

햇살 닮은 벌레 세 마리가 날고 있다

벌레다 벌레 다섯 마리 여섯 마리

일곱 마리 날벌레들이다

햇살 아래 마구 기어가고 날아다니는 벌레

천이백 칠십 두 마리 꿈틀거린다.
칠천삼만 이천 이백 오십 마리는 뒤에서 난다

네 관념처럼

고통

마음이 복잡할 때면

시간에게 시간을 주었다

시간에게 자리를 내준 뒤

시간을 기다렸다

견디고 또 견디다보면

시간은 고통을 지웠다

빵

房으로 들어가
房에 앉아 빵을 먹으려다
빵은 뜯어 먹지 못하고
房 밖으로 나왔다
빵을 손에 쥔 채
문 밖에 나와서도
빵을 먹지 못했다
그러다 그녀가 외출한 뒤
다시 房으로 되돌아가
房 한구석에 쪼그려 앉아
밥 대신 크림빵을 먹기 위해
비닐 커버를 뜯어낸 뒤
房에서 빵을 천천히 씹어 먹었다
그날은 오전 내내 비가 내렸으며
몇 마리 쥐들이
길가에서 처참하게 죽은 날이다

파란 토마토

파란 토마토가 붉게 익어가는
그 시간을 나는 기다릴 수 없다
여자도 지체할 수 없다고 한다
사내도 그렇다고 말했다
우리 모두는 토마토가 익어가는
그 시간을 조급함으로 인해 기다릴 수 없다
그 부분에 대해 전부 동의했다
한 시간 전 여자의 생각이 변했고
두 시간 전 사내의 생각이 변했으며
세 시간 전 내 생각이 바뀐 연유로
우리는 붉은 토마토를 바라볼 수 없게 됐다
1초 전 2초 전 3초 전 생각도 바뀐다
시시각각 바뀌고 있는 까닭에
여자도 자신의 생각을 모르고
남자도 자신의 생각을 모르고
나 또한 내 생각을 잘 모른다
그런 이유로 파란 토마토가
붉게 익어가는 그 시간까지를
우리 모두는 차분하게 기다릴 수가 없다